COUDRIN– l'enfant noir

ENFANT NOIR

EQUIPE PALAUD LE RET

COLLECTION POUR ADULTE

 MISE EN GARDE

 les livres de la collectiON
ENFANT NOIR peuve
contenir des scène de
violence physiques moral
et séxuelles nous rappellon
au lecteur et lectrice que
cette collection et destiné
a 1 public majeur et
 responsable la marque
 ENFANT NOIR et
 pas tenu responsable
de vaux achat et ne
peut en aucun cas être poursuivie

chapitre 1 AUTOUR DE BAUD

LES garçons vous allée chez les
 grand parent ce week-end jusqu'au
 week-keenk prochaine p'tit diable
numéro 2 vient vous récupérer vert
11 h et nous on va relever les courriers
sur portivy.OUI vous parte
AUTOUR DE BAUD chez NUMÉRO 4
.la fille de MADELEINE PALAUD elle
et ces 8 enfants sont repartie pour la

réunion vous allez garder la maison
et la ferme surtout vous ne cassez
rien interdiction d'utiliser les pouvoir
de p'tit diable numéro 2 Vaux-grand-paren
sont déjà sur place donc pas d'excuse
et en plus vous allez campé sur le terrain
dont pas de câlins entre vous Y compris
les 2 DIALETES pas de
calins
avec le p'tit diable
numéro 2 de toute
façon il doit retourner
chez lui à cause
de son nouveaux traitement

chapitre 2 camping

GHROUM

Tient p'tit diable
numéro 2 MUDOUME
et au courant
GHROUM
Allo les gars comment
ça va voilà vaux tentes
et le coin cuisine mais
je vous prévien
les 4 numéro 9 vous
allez dormir avec MIRLAINE
et les jumeaux vous
dormez avec moi bien
entendu vous être
obligé de participer

au activités pratique
y compris le ménage
intérieur ça va ya
pas d'araignés j'ai
fait le ménage intégral
avant votre arrivé
allé je vous laisse
installé aux affaires.

CHAPITRE 3 LES P TIT DIABLE NUMERO 1 ET 3 RETOUR A
LA MAISON IMPREVU

(PENDANT CE TEMPS LÀ DANS L'ÉQUIPE PALAUD)

BEURK BEURK HUM
encore
malade allée vient la p'tit diable
numéro 2 ou la encore de
la température en ce moment
t'enchaine les galére d'abord
ton nouveaux traitement
pour éviter la surproduction
des laves noirs et contre les
risque que tu farce 1 AVC
hum mais ce
GHROUM MUDOUME
ne me dit pas (SI) Non sa
va il a encore de l'encre noir
en lui mais ces 2 là on
n'ont plus d'encre non plus
les 2 jumeaux encre
noirs la je gall ils devraient
être décédé ou dans le

coma HUM LK et en
vacance avec l'équipe
FORMULE 1 Pas le
choix je téléphone
DRING ALLO oui
c'est SEB LK et dans
le coin par hasard.
ALOR laisse-moi deviné
vous d'être en manque
sa fait 2 semaines
demain que je suis
partie avec les filles.
Pas du tout on
a 1 problème avec
les 2 p'tit diables
numéro 1 et 3 et
les 2 jumeaux
encre noirs ils n'ont
plus aucune goutte
d'encre ou de lavés
d'encre dans les veines
depuis 1 semaine.
MERDE LA je gall
Téléphone à FUSION
ils sont peut-être 1 solution
et quant est
til de p'tit
diable numéro 2 LUI
il se tape les effets
secondaires à fond
il est encore brûlant
de fièvre.VOILA vous
téléphoné à FUSION

voir ci il a 1 solution
radical BEURK BEURK HUM
 Bonne vacances LK.

CHAPITRE 4 EQUIPE FUSION

ALOR oui Fussion c'est SEB LE RET
 tu pourrais passée chez nous en
 urgence on n'a pas mal de problème
 lié au nouveaux traitement des encre
 noirs et des p'tit diables en gros 4 on
 plus aucune laves et d'encres noirs
dans leurs corps.ALOR GHROUM
comment ça ils n'ont plus d'encre noirs
dans leurs corps bon les gars je vous
 téléporte dans les nouveaux laboratoire
 voilà les étiquettes de sécurité GHROUM
 bon les gars Vient la toi le p'tit diable
numéro 2 bon d'abord ta température.
MAMAN Arrête de bouger MAMAN MAMAN
OH MAMAN je te lâche pas tant que tu
 et pas calmé (AH AH AH AH MAMAN MAMAN)
ALOR 36 sa va il a descendu mais je ne
 sais pas ceux qui se passe (HUM HUM HUM
 MAMAN) STOP je te l'ai déjà dit tu ne va pas
 à la montagne de la mort d'où moin pas
 Aujourd'hui (Maman) Allez, restez tranquille.
 Voilà c'est fini et en plus ton traitement et
arrêté pour 2 semaines en attendant que je
 trouve le problème et que j'arrive a régler
s les autres probléme toi pas contre tu reste
 avec tes parents et MUDOUME et SEB
 oui pour les relation séxuelle seuils

condition pas de préservatif oui son
traitement et suspendu pendant 2 semaines
allée a plus je vous renvois les autres dès
que possible de toutes façons ils dorme ici
ce soir ANUBIS BRAS DE FER et BRAS
DE MÉTAL font 1 soirée jeux vidéo et
fessée pour les perdant au pire si on
n'arrive pas a trouver 1 solution au
laboratoire ils font avoir super mal
a leurs fessée ils sont tellement mauvais
joueur o moins ils ne seront pas venu
s pour rien.

CHAPITRE 5 RAGLÉES

Alllllllllllll la tu va déguster

PAF (PAF PAF PAF PAF PAF PAF MAMAN PAF PAF

) Allée direction la salle de dourche
attention à ceux que tu va faire

(MAMAN MAMAN HUM HUM)

Allée dans la dourche

(MAMAN MAMAN)

Allé voilà maintenant tu reste
la tu ne bouge pas
(MAMAN him him)

t'aurais encore 1 belle blessure

bingo il me reste des (MAMAN)
pansement GHROUM MUDOUME
encore Mais. GHROUM ou et t'il WIFI
pas cons. Je te soigne d'ailleurs.
HIM HIM HIM voilà qui et mieux je
pense qu'il a des dents ou des caries.
JE L' AI GHROUM

(MAMAN MAMAN NON PAF PAF PAF PAF PAF paf)

 ALLES ouvre la bouche , NON
Voilà effectivement des pouvoir de
guérison ne sont pas conçu pour les
 réparation dentaires allez reste tranquille
 (MAMAN AAAA) Voilà la crème de
remoulage attention elle durcit en
 moins de 25 secondes ne bouge pas
. (MAMAN) TU sais tu aurais simplement
nous demandé de regarder tes dents
au lieux de mordre.ATTEND il avait aussie
mordu fusion il ya 3 semaines ça fait
dont 3 à 7 semaines qu'ils a des probléme
de dents mais les 2 autres p'tit diables
on peut-être aussie des problème avec
 leurs dents Y Compris les encre noirs non
p'tit diable numéro 2 tu reste dans mes bras
toutes la journée et oui tu a tout gagné sur
tous que tu aura pas de crème anti-brûlure.
MAMAN Voila, tu peux enfin fermer la bouche.

CHAPITRE 6 RETOUR À L'AUBERGE

ALLEZ les gars GHROUM messieurs

madame et oui aujourd'hui c'est moi p'ti
 diable numéro 2 et encore punir dont je
 vous ramenez à l'auberge PALAUD pas
Contre je vous informe que les prochaines
 vacances c'est.MUDOUME qui viendra
pour vous téléporter à la montagne.
ALLEZ on ira GHROUM VOILA je vous
 dis a la semaine prochaine sans faute chao.
ARRIVÉE DANS L'ÉQUIPE LE RET Allés
 p'tit diable numéro 2 direction la piscine non
 tu ne va pas rejoindre tes 2 frères à la
 montagne de la mort dans 3 h ok la il
 est 7h du matin tu
m'aide pour m'occuper du linge c'est
simple à 2 ça ira plus vite que seuils et
oui si tu veux aller voir des 2 frères
D'ACCORD MAMAN

 2 heures plus tard

ALLEE direction la montagne
de la mort et oui quand tu aides
et tu es récompensé. GHROUM

(PENDANT CE TEMPS LÀ DANS L'ÉQUIPE DE FUSION)

 Bon les gars aujourd'hui vous reste calme pas
 de bagarre oui pour les câlins forcé non pou
r les suppositoire .LES 3 P' TIT DIABLES
vous partez à 16h et oui vous avez votre
droits de visite mais attention MUDOUME
 vous accompagne donc pas de bêtise sinon
vous aurez tu mal.OU LA les p'tit diables

venez la voilà vaux chemise propres et tous
les cadeaux. GHROUM À voile les plus beaux.
BON les gâteaux sont près allez venez manger
r les p'tit diables numéro 1 et 3 changement
de programme vous être invité à
aller manger avec vos
ex femmes elles vous s'attend elles précise
qu'elle on hâte de vous retrouver mais
beaucoup plus tôt pas contre vous emmenez
vos parents avec vous

. chapitre 7 DROITS DE VISITE

BONJOUR mes chérie vous grandisse
si vite allés dans nos bras ou la allor
comme se pass l'école super bien Mes
beau-parent on peut vous parler seuil
a seuil voila ont a des problème avec
les enfants ils sont pas mal de malaise
en ce moment et ils sont les même
symptômes quand les p'tit diables sont
en crise tous les symptômes y compris
les laves et l'encre noirs mais ils sont né
avec du sangs et non de l'encre noir et
des laves on fait trop souvent appelle
a l'équipe de fusion pour gérer leurs grosse
on n'arrive à les calmer à 98/pourcent
t mais on ne sais pas si ils n'aurais pas
des laves adultes ils faudrait que vous leurs
passée des scanner ou des IRM.OK mais
on né pas a piloté GHROUM Les gars 1 problème
avec les enfants des p'tit diables c'es
t possible qu'ils yé des laves et de l'encre

noirs dans leurs corps. MERDE CONFIRME
LK SEB IMPOSSIBLE de les passer au
scanner oui pour IRM mais la décision appartient
au 2 parents.LES p'tit diables ne sont pas au courant
Je ne peut rien faire sans l'autorisation des p'tit
diables numéro 1 et 3.

 chapitre 8 DECISION DES P'TIT DIABLES numero 1 et
numéro 3

J ACCEPTE.JE REFUSSE vous nous avez pas
 laissé le choix quand vous avez demandé
le dirvorce si on n'avait plus nos parent on serait
sans domicile fixe ça ne vous a pas dérangé vous
 nous avez imposé votre déci.STOP p'tit diable
numéro 3 toi aussie quand tu fais des crise de
 colère incontrôlé hein alor sa suffit certe ta
 femme a pris 1 décision que nous avons
 totalement désapprouvé sauf pour p'tit diable
numéro 1 on a reçu les appelle à l'aide de
 sa fermme et puis c'est ton droit de père de
 rejeter cette demande MUDOUME et SEB
 font s'occuper des enfants de numéro 1.
Allons les garçons à l' IRM et prés
OK. P'tit diable numéro 3
vient avec moi on s'absente pendant
environs 3 heures a tous ta l'heure.

 CHAPITRE 9 confie

 MERE dit-moi pourquoi mes parent ne
font aucun effort pour prendre des
 décision lourds.ILS sont en pris plus

que tu ne le droit le jour où l'incendie
a détruit l'auberge PALAUD et endommagé
l'hôtel tes parents on tout fait pour vous
faires revenir dans le monde des vivant
y compris les yeux noirs il ya u aussie
des décision lourd qui ont pris lors de la
morts des jumeaux yeux noirs sur la plage
du fozo des chose que tes parents ne
t'ont pas révélé mais le jours de la mort de
grand yeux noir je suis passée dans le monde
celles qui et situé juste avant la mort il
y avait 2 portes 1 qui ramène les défunts
à la vie et l'autre qui les passe dans celles
des défunts ça été très choquant pour
tes parents lorsqu'ils ont subi l'épreuve
des 2 jumeaux yeux des jumeaux encre noirs.

CHAPITRE 10 PRISE

D'ACCORD j'accepte que mes enfans
passer des examen a 1 seuils condition
en cas de malaise cardiaque pas de
réanimation ça serait trop durs de vivre
avec eux avez 1 cerveaux en légumes
ou ils ne peuvent pas atteindre l'âge
de 20 ans OK MUDOUME SEB vous me
recevez.OUI pouvez pratiqué l'examen
des enfants de p'tit diable numéro 1 sans problème .

CHAPITRE 11 PARTIE SUR RASPBERRY PIE 3

ALLEZ les gars voila assié-vous sur le canapé sauf
vous 2 allor voila les manettes je vous laisse

fait 1 partie de mario kart n 64 les 2 jumeaux
venez avec moi a la cuisine voilà tien voila le
sac de linge sales alor on fait le trie pas
couleurs du linge sales ça prend environs
4 minutes allés ci voilà le sac pour le blanc
et la les couleurs mixte prenez votre temps
tant que les p'tit diables ne sont pas levé ça
va aller, je vous laisse revenir dans 3 minutes.

CHAPITRE 12 NOUVEAUX MEDICALMENT POUR LES
ENCRE NOIR

MÈRE non allés dans la salle de douches
les encre noirs j'arrive tout de suite pas de
bêtise super ils sont bien levé je vais pouvoir
.ON va pouvoir je ne vais pas de laisser seuils
quand même ils sont 3 en plus nouveaux
médicalment.OK.LK allonci allée messieurs
cul-nu a la dourches les jumeaux grand encre
noir sur mes genous d'abord 1 coup de lingette

RESPIRE PIQÛRE RESPIRE SUPPOSITOIRE RESPIRE PL
OUFFFF

F hum ça sort parfait les lavés accepte de
Sortie en grande quantité au moins on aura
plus besoin de leurs mettre 4 suppositoire
dans l'anus.BON les jumeaux collé vous au
mur de la dourches.NON vous resté
à l'intérieur c'est les aspirateur qui rentre
voilà RESPIRES FORT

(hummmmmmmmmmm) ENCORE (him

mmmmmmmmmmmm
 ayyy yyyyyyyyyyyyyyy)

bande de comédie allés vous resté tranquille
 on s'occupe de grand encre noir ensuite on
revient vers vous continuer à rester immobille
 jusqu à ce que les laves adultes on fini de
sortie de votre anus vous resté tranquille pas
 de comédie dans moin de 7 minutes on va
 vous lavés et vous irez vous allongé dans
 votre lits ok.ON sais vous aimé pas
   passée pas ce traitement anal ippér douloureux
mais on vous l'a déjà expliqués pour le
moment ya pas le choix des
autres choix est trop risqué

CHAPITRE 13 P TIT DIABLES ALLEZ

 vous allonger les encre noirs.TIENT
 les p'tit diables allée à vous de passer
à la dourches et à la casserols et oui
certe nuits vous nous avez fait des belles
 crise de colére on vous la dit que vous
finirez pas les payés 1 jours ou l'autres
allée à la dourches

 (65 minutes plus tard)

Allée discrétion la terrasse a
 oui votre punition et pas encore
fini.ALLEE avancé mercie
MUDOUME d'avoir monté les bulles
et oui toutes la semaines vous allez vivres

dans ces grosse bulles en plastique
avantages ils ya des toilettes intégrés
dont pas besoin de sortie de la bulles
et même des télévision dans les 3 bulles
en plastique côté piscine dont personne
ne verra que vous s'étre cul-nu la journée
bon en maillot de plage à partir de 16 h
les encre noire font vous rejoindre à partir
de 11 h le petit déjeuner et à l'intérieur
des bulles en plastiques dont vous n'ave
z pas oublié sur ce coup la.

CHAPITRE 14 PRISE DE TEMPERATURE ANAL

ALLÉE les 3 encre noire a 4 pattes sur le lits voila. RESPIRE
MMMMM MMMM Voilà bougés pas bon après vous pourrez
allée rejoindre les 3 p'tit diables sont dans les bulles bien
 entendu vous d'être en arrêt maladie allée entrée
 dans les bulles dont vous pouvez passer la journée
 avec eux ils seront bien contents. VOILÀ c'est fini tenez
 votre sandwiche pour info c'est du thon et a tout a
À l'heure vous aurez le droit d'avoir des câlins avec
 les 3 p'tit diables uniquement à partir de 16 heures bien
 entendu sans biscuits et sans sirops de toute façon
 ils ont le pouvoir de se guérir ce qui ne devrait pas
trop les perturber.

CHAPITRE 15 comédie de p'tit diables numéro 2

(MAMAN MAMAN) Allée dans mes OU
LA LK tu peu vérifier ces yeux HUM
effectivement MUDOUME toi qui e
t plus doux que moi tu peu le faires

HUM NON grand encre noir c'est pas
grave allez vien avec moi on va discuter

(AY AY MAMAN)

allée colle toi a moi prend
 des grand

RESPIRATIONS RESPIRE RESPIRE

Voilà elle et retiré certe laves adultes d'ailleurs
j'en a retiré 3 petits dont aucune chance qu'ils
 en reste en lui.Allée vient direction la douche

(MAMAN)

allez tien grand encre noir allée venéz
 hop dans la douche resté tranquille voilà ne
 bougé pas.LES 5 nouveaux venez la s'il vous plaits
 .PARFAIT allée à poils et à la dourches oui vous
 pouvez aller dans les douches 2 et 3 les 2 jumeaux
 rentrée dans la dourches numéro 2 les 3 jeunes
 ados vous pouvez aller dans la douches 3.Voilà
 les champions et les savon oui on va aujourd'hui
Si vous offrez 1 chambre et des nouvelles tenues
 d'école de moine ça ira plus vite.

CHAPITRE 16 arrêt cardiaque des p'tit diable numéro 3 et 1

MERDE LK SEB venez m'aider MERDE him him him him
 leurs coeurs c'est arrêté subitement je pense
 que l'équipe APROCAL bonne idée PROCAL
 vien a moi GHROUM OU LA APROCAL IVONOTUSE

venez à moi bougez vous le cul

GHROUM

GHROUM

GHROUM

c'est bon ils sont revenu.STOP
je vien de trouvé 1 truc bizarre
dans leurs veines sa yé le

truc sort pas l'anus OO mércie
pour le flacon.

(2 JOURS PLUS TARD)

(HUM HUM MAMAN MAMIE)

chut,
rester calmes vous venez dans
nos bras bon on vous emmène
sur la terrasse vous souhaitez
qu'elle glacé chocolat ou vanille.
ALLÉE vous restez avec des
couches toute la journée.
Allez hop dehors SEB revient
avec les glaces oui aujourd'hui
vous pourrez aller dans
la piscine modulaires
on l'a installé dans la cuisine.

(7 heure plus tard)

Alors les
3 p'tit diables comment
vous d'allées hein ce soir
allée dans mes bras mes
anges ou la vous commencé
à être lourd a porté allée
a 4 pattes que je m'occupe
de vos examen

chapitre 17 changement

des cartes sd des raspberry pie 3
ALLES les encre noirs continué
a installé les nouvelles
cartes sd dans les raspberry pie 3
ensuite vous aurez le droits
d'avoir des relation séxuelles
avéc les 3 p"tit diables
mais uniquement si
vous changés toutes les
cartes sd des raspberry
pie 3 et mérité les nouveaux
boîtier en place également
je vous laisse 15 minutes
pour tout faire les opérations.
CE qui manque en france
c'est 1 musée rassemblés tous
les pc et les consoles de jeux
vidéo de toutes les époque
ouvert à l'année sur quiberon
ou sur carnaC

CHAPITRE 18 VACANCE

BON BASTIEN il faut
allé on et enfin en
vacance et on dois
allée récupérer MAMAN
et PAPA incit que
les jumeaux DIALETE
et les 4 numéro 9
ET AUSSIE tous les
gâteaux et les confiserie
et même les raspberry
pie consoles portables
et les équipes

KART

et 5 RAPIDOS
on et
la on avait prévu
1 peu d'avance juste
o cas ou PARFAIT
tous dans la caravanes
pas contre on mert
environ 6 heures
de voyages la jois
des voiture électriqueS
et des.GHROUM A non
les salopard.SALUT
les amie bonne nouvelle
vous s'étre en
vacance mauvaise
nouvelles MOI et MUDOUME

on et contraire de
rappelé plusieurs
équipes en vacance
NON vous l'équipe
PALAUD 1 vous resté
en vacance et oui
on a fait revenir les équipeS

P TIT ANGE

FLEURS

JUMEAUX ANGE NOIR

JUMEAUX ENCRENOIR

KART

GRAND ANGE NOIR

et GRAND ENCRENOIR

CHAPITRE 19 SALLE ASEPTIQUE

ghroum

STOP p'tit diable numéro 2
arrête tu va avoires
des suppositoires.MAIS
SA gratte TOP je te
ment de la crème hydratante
et sa devrais arrêter
de gratte lés bouton

sinon suppositoire.VOILA
bouge pas heureusement
que tu reste en
salle aseptique et
en plus pas de chance
tes 2 frères on
aussie des bouton
rouges et malheureusement
ils sont fait la connerie
de se gratter les 2 en plus
dont forcémment ils
sont des infection
en tous cas je te
préviens tes parents
sont aussie en salle
aseptique les 4 jumeaux
maléfique sont aussie
la vallée entre dans
dans salle aseptique la numéro 2
MAIS je veux rentrée
chez moi j'aime pas resté
tous seuil dans la salle
aseptiques.STOP tu reste
seulement 24 heures
en salle aseptiques
ça va on a installé des
télévision acheté
en lot comme ça
tu aura au moin qu'elle
que chose a regardé
non tu ne joue pas
avec les raspberry pie.
LK mauvaise nouvelles

ON vient de t ramenez
les jumeaux bosseux
même symptôme en
tous cas ils sont pleins
de bouton on vient
aussie de te ramener
les 5 rapidos eux aussi.
MERCIE ANUBIS et
BRAS DE FER

CHAPITRE 20 RETOUR À L' AUBERGE

OUFF 5 semaines de
vacance loin de
l'auberge et l'hôtel
en tous cas ça fait
1 bien fou de partir
5 semaines.MAIS
La reprise est très dure.
EN tous cas ils
sont remplacé les
PC DE LA RÉCEPTION
eux sont neuf et plus petit
que les anciens
PC DE LA RÉCEPTION.
SEB et BASTIEN l'auberge
et vide pas contre l'hôtel
et pleins ils sont
surement Fermé pour
mieux s'occuper
de l'hôtel en tous
cas ils ya beaucoup
de monde la bonne

nouvelles c'est
que les avis sur google

CHAPITRE 21 RECUPERATION DE P' TIT DIABLE NUMERO 2

Hello les PALAUD allor comment
ce sont passée vaux
vacance on vous prévient
on vient récupérer
les jumeaux DIALETE
et oui on a besoin
d'un coup de main
C'est bon ANUBIS
on et prés.OK il et en grisse

GHROUM

JE VEUX rentrer chez
moi STOP p'tit diable
numéro 2 temps que
tu ne bois pas ton sirop
tu ne sortira pas de
ta pièce aseptiques.
JE veux sortir JE veux sortir
gloop c'est pas bon.
VOila tu peu sortir

GHROUM

MAMAN MAMAN

Allor ptit diable numéro 2

en tous cas tu a pris ton sirop

MAMAN MAMAN MAMAN MAMAN

O tu veux rentrer sa
va sa fait 2 semaines
que tu et ici.C EST
bon ont a compris
mais attention
p'tit diable numéro 2
le médicament il
faudra le prendre
aussie à l'appartement
et oui pendant 4 semaines
pas oui y compris à
l'appartement on
sinon tu revien ici en observation

MAMAN MAMAN

C' EST bon ont a compris
allez on rentre pas
contre tu va a la
douche en rentrant.
MèRE on dit a la semaines
prochaine
GHROUM
BRAS DE FER et les
jumeaux DIALETE
je vous laisse rangé et
nettoyés les salle
aseptiques et je
vous dis à tous ta

l'heure pour le
café et le thé a tous ta l'heure

CHAPITRE 23 HOTEL PALAUD

GHROUM
Hello tonton SEB
mais que fait tu la
p'tit diable numéro 2
tu sais que normalement
cette semaine tu
na pas le droit
de travailler à l'hôtel
et à l'auberge pas
contre LK arrive autour de 13h00

15 minutes plus tard

GHROUM

alor comment ça
va les garçons p'tit diable
numéro 2 bonne nouvelles
tes analyse sont correc
et en plus bonne nouvelle
ont a reçu 1 partient
avec pas de cerveaux
il est en vie pas contre
il mange pas mal
je pense qu'ils
serait mieux accompagné
ci il vivait avec

grand ENCRE NOIR
et grand ANGE NOIR.
P'tit diable numéro 2
tu te tient a carreaux
pas de comédie
hein je te connais
tu et tellement de
mauvais fois en
en ce moment .

CHAPITRE 24 PLAGE DU FOZO ET RÉCUPÉRATION DE
NUMÉRO 9

GHROUM

salut les gars
comment sa va alor
voici numéro 9 oui
il dort comme ça
o mon p'tit diable
numéro 2 ne vous
fera pas de crisse
colérique et de
mauvais coup.IL
dors ton il ne
vera pas de mauvais
coup on lui a dit
qu'ont rentrais a
10h00 pour sa
douche et ces
nouvelle tenue
de plongé et
en plus on lui

a acheté 1 gâteaux
au chocolat russe
super amer on
sais il va nous
faires des mauvais coups.

5 heures plus tard

GHROUM

10H00 pile allé
debout p'tit diable
numéro 2 et oui
on est rentrée et
non tu aura pas
de p'tit déjeuné
au lit allée debout
OU que tu et lourd
j'espère que tu
na rien mie dans
ta porsche ventral
attend je vérifie
p'tit cons des tablettes
de chocolat sa
va c'est celle qui
sont le plus gâmer
et des sucettes
au caramel RUSSE
franchement tu
a des gout de merde
allée a la douche
et non tu aura pas
de dessert ce midi

et oui encore des
frites hier ta pas
fini ta viande.

CHAPITRE 25 auberge PALAUD

BON SEB on va faires
les courses pas oui
c'est a notre tours
certe semaines et oui
tien voici la liste
je prend les sacs
de course pas contre
je te prévien les
bouteille de lait
c'est a l'unité les
pack sont trop lourd
a porté et puis on
na pas mal de papiers
a faires avant
les contrôleurs
électrique qui passe
la semaines prochaines
pour contrôler
les panneaux d'électricité

2 HEURES PLUS TARD

OUFF les sans son
quant méme trés
lourd quand on va
a l'autre bout du
village pour les

courses.J AI apris
qu'ils font sans doutes
installée 1 magasin
citerne se serait
beaucoup mieux
et o moin on
n'aurait pas plus
d'emmerder. les week-end

CHAPITRE 26 HOTEL PALAUD

COMMENT ÇA les piscine
gonflable et les jacoussir
sont HS on vient de faires
appelle à des réparateur
différent en tout cas tous
ce de la concurrence
vivement qu'on ai 1
équipier ou 1 équipière qui
travaille directement
avec 1 de nos équipe
en tous cas il y'en
a marre de tout ce merdier

LENDEMAIN

OUFF enfin réparé foutu
AOUTIEN encore des
dégât heureusement
qu'ont ai des pièces
de remplacement en
tous cas ça devient
durs en ce moment

de trouver des pièces
et du personnelle
disponible en toutes saisons.
ON les héberge et
en plus ils sont
nourri logé et blanchi.
heureusement que
dans moin de 15 jours
ils rentre tous a leurs
domicile en tous
cas vivement la
fin de cette saison.

3 jours plus tard

ALLÉE les jumeaux DIALETE
les 4 numéro 9 sont
déjà sur le pont
en train de bouger
les meubles et les
extincteur de
sécurité donc ne
resté pas a dormir
ils faut y aller
oui je sais les pyromane
sont fort et
cons mais l'incendie
se rapproche on
ne peut pas rester
dans l'auberge
ou l'hôtel on
espère revenir après-demain
en tout cas rassurez-vous

tous les dossiers médical
c'est l'équipe LE RET qui
les a dans leurs locaux

composition de couverture C O U D RIN

DÉPÔT LÉGAL 19 SEPTEMBRE 2 0 2 2